TROMP-O-MOTO

JAMES CLAVELL
TROMP-

O-MOTO

Conte

MAQUETTE ET ILLUSTRATIONS DE
GEORGE SHARP

Typographie de
KEN WILSON

Texte français
MICHÈLE KAHN

STOCK

N° Éditeur : 905
Dépôt légal : Avril 1986
54.35.3595-01
ISBN : 2.234-01955-9

Imprimé en Italie par
Arnoldo Mondadori, Verona

POUR

IL SORTIT DE LA MAISON, portant la petite fille dans ses bras, et alla l'installer dans sa chaise, à l'ombre du grand jacaranda. « Voilà, Bichette, à tout à l'heure, ma chérie !

— Oui, papa. Tu vas surveiller les moutons ?

— Non, trésor. Aujourd'hui c'est Charlie qui s'occupe du troupeau ». Il lui souriait, affectueux, heureux du soleil matinal et de l'ombre si douce. Tout autour, et loin, très loin, s'étendait la plaine broussailleuse de l'intérieur australien, juste bonne pour les moutons. « Je vais dans le secteur Nord. Quelques bêtes se sont égarées. Mais je serai de retour pour le thé. Il ne te manque rien ?

— Non », dit-elle, bien qu'attristée de son départ. Elle allait rester seule, sans ami pour jouer avec elle. Et Maman qui travaillait toute la journée ! « Tu es sûr de revenir pour le thé ?

— Tout à fait, répondit-il avec le rire qu'elle aimait tant. Il y aura ton mets préféré, des

[9]

harengs fumés venus droit d'Angleterre, comme il y en avait chez ton grand-père, avec des toasts beurrés tout chauds. Allez, salut Fillette !

— Tu piques ! » se plaignit-elle quand il l'embrassa. Mais elle aimait cela, et aussi sentir la bonne odeur de son papa. Il lui ébouriffa les cheveux et elle le regarda partir, fort et grand, avec ses jeans usés, son vieux chapeau cabossé. Il sauta dans la jeep. Elle avait envie de pleurer.

« Non, murmura-t-elle, pas de larmes. Pense à des choses agréables, comme dit Papa. »

Elle lui fit bravement signe mais il avait déjà franchi les barrières de bois qui les séparaient

des enclos pour les chevaux et les moutons. La maison basse, à un étage, avait une forme biscornue avec les communs, les granges, les appentis, son toit mi-de tuiles mi-de tôle ondulée qui faisait un bruit de tonnerre sous la pluie. Quelques fleurs étaient plantées près de la maison. Mais le temps manquait pour les soigner.

J'aimerais pouvoir le faire pour Maman, songea-t-elle. Des harengs fumés ? Pas vraiment mon plat favori, mais Papa les adore, comme Grand-papa, alors ça m'est égal. « Ce que je préfère, ce sont les spaghettis », dit-elle fort. Elle s'enfonça dans sa chaise, et l'attente commença.

Elle pouvait entendre sa mère qui, dans la cuisine, lavait en chantant la vaisselle du petit déjeuner. Toujours à nettoyer, cuisiner, chercher l'eau à la citerne, faire les lits ou la lessive. Et Papa qui travaille, conduit la jeep et revient à la maison pour rire et manger avec Maman et moi... oh, quel bonheur !

L'ombre était fraîche et, en cette saison — le printemps —, les mouches n'agaçaient pas encore. Elle savait que sa mère apporterait bientôt un supplément de limonade et lui donnerait une ou deux leçons. Elle laissa son esprit vagabonder derrière la jeep. J'aimerais courir, courir puis, fatiguée, marcher jusqu'à la rivière et nager. Je sauterais dans l'eau — splash ! — me baignerais en chantant, me sècherais, puis je reviendrais à la maison, et alors—

Un bruit soudain la fit sursauter. Elle leva la tête vers les branches basses du jacaranda. Quelque chose, qui ressemblait à une balle de chiffon multicolore, dégringola de l'arbre, toussotant, bafouillant, et se transforma en un étrange et minuscule petit garçon.

[13]

« Oh ! Bonjour ! dit-elle, ahurie. Qui es-tu ?

— Je suis Tromp-O-moto », annonça le bonhomme d'un trait. Il brossa les feuilles et brindilles à gestes vifs, rajusta sa robe un peu grande pour lui et s'inclina gracieusement.

« Veuillez m'excuser d'arriver dans cet état ! Je suis vraiment confusionné.

— Quoi ?

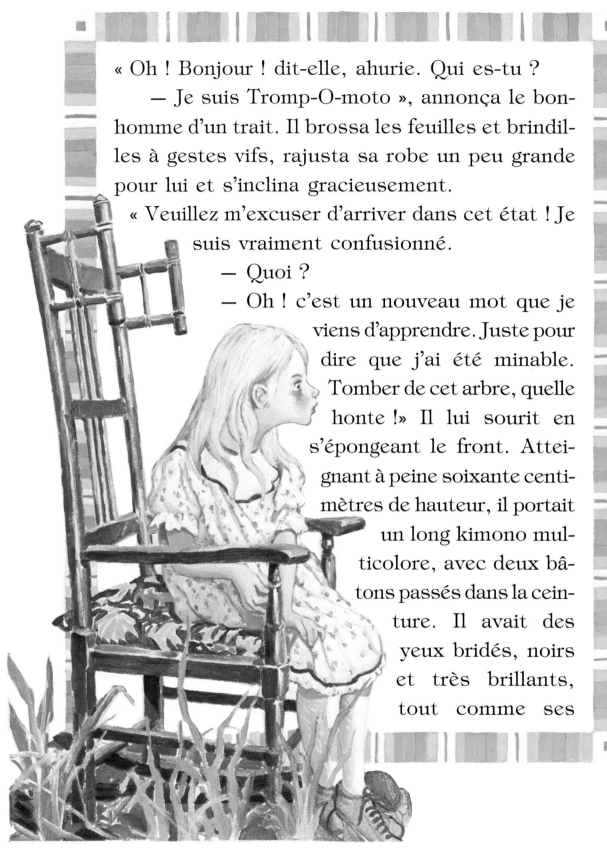

— Oh ! c'est un nouveau mot que je viens d'apprendre. Juste pour dire que j'ai été minable. Tomber de cet arbre, quelle honte !» Il lui sourit en s'épongeant le front. Atteignant à peine soixante centimètres de hauteur, il portait un long kimono multicolore, avec deux bâtons passés dans la ceinture. Il avait des yeux bridés, noirs et très brillants, tout comme ses cheveux, et la peau joliment dorée. « Je suis un sorcier, ou, à vrai dire, mon oba-chan, qui est sorcière, dit que, quand je serai grand, je serai le meilleur sorcier du Japon.

— Un sorcier ? Merveilleux ! » Elle changea de position pour mieux l'inspecter. « Quelle chance, vous avez !... Oba-chan, qu'est-ce que c'est ?

— Une mère, ou une maman, en japonais. » Tromp-O-moto ramassa son kimono et s'agenouilla dans l'herbe presque aussi haute que lui. « Je suis Japonais, en fait.

— Ah, bon !... Mais, mais votre oba-chan, c'est vraiment une sorcière — une *vraie* ?

— Oui, oui. Mon oba-chan est même une super-sorcière. Puis-je connaître votre nom ?

— Patricia. Mon nom est Patricia, mais mes parents m'appellent Bichette ou Chérie ou Trésor ou Fillette.

— Ah, bon ! » Tromp-O-moto la regarda avec attention, puis sourit. « Je préfère Patricia. Puis-je savoir votre âge ?

— J'ai presque huit ans.

— Et moi, quatre cent soixante cinq. »

Il la regarda gaîment. « Mais nous comptons d'une façon différente, nous les sorciers.

— Pourtant vous n'avez pas l'air beaucoup plus âgé que moi, dit-elle, pensive.

— Quatre cent soixante cinq ans d'un sorcier font à peu près huit des vôtres », expliqua-t-il.

Elle fronça les sourcils. « Êtes-vous sûr d'être un sorcier, monsieur euh... ? Vous êtes si petit et si drôlement habillé.

— Je ne suis pas plus petit que vous, comparée à vos parents. Et en plus, je peux devenir très grand si je veux. Très, très grand.

— Vraiment, monsieur euh... ?

— Tromp-O-moto. Tout à fait. Mes vêtements n'ont rien de drôle. Ils sont différents, c'est tout. Cela s'appelle un kimono, mademoiselle Patri-cia. On s'habille ainsi au Japon, surtout les sorciers.

— Vous êtes très élégant, dit-elle, souriante. Et les filles portent aussi des kimonos ?

— Oui, mais pas exactement les mêmes. » Il regarda la maison, avec ses granges et ses appentis. « Vous avez des frères et sœurs ?

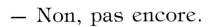

— Non, pas encore.

— Moi non plus », dit-il.

Elle l'inspecta et pensa qu'il lui plaisait. « Je suis très heureuse de vous connaître, monsieur Tromp-O-moto. Oui, très heureuse. Merci d'être venu me rendre visite. » Elle se pencha vers lui, la main tendue, et il attrapa son index, qui tenait tout juste dans sa menotte.

« Merci. Je suis également très content de vous connaître. » Tromp-O-moto s'inclina. Puis il regarda au loin. La terre jusqu'à l'horizon, quelques

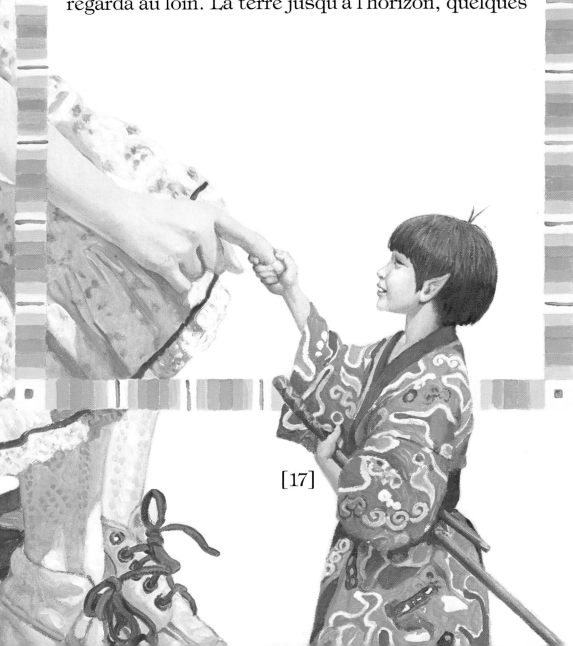

[17]

arbres. Des oiseaux étranges sillonnaient le ciel et le vent portait des odeurs inconnues. Il eut l'air inquiet… « Puis-je demander où nous sommes ? En quel endroit du monde ? En fait, je ne devrais pas être ici. Je m'exerçais à faire un tour pour rendre visite à ma grand-oba-chan, au bord de la mer, au Japon et, apparemment…

— Oh, pauvre monsieur Tompomoto ! Vous êtes bien loin de…

— Tromp-O-moto, corrigea-t-il. Excusez-moi, mademoiselle Pat-ri-cia, mais il ne faut pas déformer les noms des sorciers.

— Désolée, dit-elle. Mais je n'en connais pas d'autre. Eh bien, monsieur *Tromp*-O-moto, vous êtes très loin du Japon. Je me souviens que, sur mon atlas, le Japon est vers le nord, de l'autre côté de la mer, pas loin de la Chine. Ici, c'est l'Australie. Aux antipodes.

— Pardon ? Aux antiquoi ? »

Elle rit encore, et il se sentit réconforté, un peu moins inquiet. « C'est l'Australie, ici. Tout en bas. Aux antipodes, ça veut dire : à l'autre bout du monde.

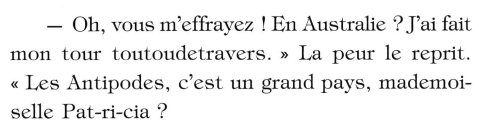

— Oh, vous m'effrayez ! En Australie ? J'ai fait mon tour toutoudetravers. » La peur le reprit. « Les Antipodes, c'est un grand pays, mademoiselle Pat-ri-cia ?

— Le plus grand et le meilleur du monde !

— Mais si loin de chez moi, oh dinimoto !

— Vous devez être un bien grand sorcier pour être venu seul de si loin. Alors ça ne doit pas être sorcier de rentrer chez vous !

— Vous croyez vraiment ? » Elle fit oui de la tête et son sourire le réchauffa. « Merci beaucoup, mademoiselle Pat-ri-cia. Nous appelons cela faire un *tour* aller-retour, et...

— S'il vous plaît, monsieur Tromp-O-moto, ne retournez pas encore chez vous. Devenons des amis ! Vous ne m'appellerez plus Mademoiselle et je laisserai tomber le Monsieur.

— Formidable ! Et... et... » Il s'approcha d'elle, atteignant à peine la hauteur de ses genoux, en tendant sa menotte. « Et, puisque nous sommes amis, appelez-moi Tromp-O-moto tout court.

— Mais ce n'est pas court du tout, dit-elle.

— Pour un sorcier, ça l'est, affirma-t-il avec vigueur. Bien sûr, à la maison, on m'appelle Tromp-O, ou juste O. Ce serait mieux ?

— Tromp-O, c'est joli. J'aime aussi O. J'essaierai les deux. » Elle se pencha et lui tendit l'index, qu'il serra de nouveau. «Maintenant, nous sommes amis.

— Parfait. S'il vous plaît, Pat-ri-cia, où sommes-nous exactement ?

— Eh bien, O, c'est ici notre ranch, une sorte de ferme. Elle s'appelle Moonside près de Muldoon Crossing, où il y a la poste et le supermarché. La ville la plus proche est Madorah et nous sommes au bord de l'intérieur australien, bien loin, bien loin des côtes. » Patricia devint rêveuse. « Une fois, j'ai vu la mer. C'était si beau... Voulez-vous de la limonade ? C'est ma maman qui la fait. » Elle attrapa une bouteille thermos sous sa chaise et dévissa le bouchon.

« C'est délicieux, dit-il en vidant le gobelet. Merci. Au Japon aussi, nous avons de la limonade.

C'est ma boisson préférée. Et si nous allions nous promener ?

— Je veux bien, dit-elle, mais pas trop loin. » Elle se pencha vers l'herbe haute et trouva ses béquilles.

« A quoi ça sert ? demanda-t-il.

— Elles m'aident à marcher. Je les appelle Tac-tac-tac et Tac-tac-bang parce que celle-ci tombe tout le temps en faisant bang. Vous voyez, quand j'étais petite, il y a trois ans, j'ai eu une très vilaine maladie, et mes jambes ne me portent plus.

— Oh, pauvre mademoiselle Pat-ri-cia ! » Tromp-O-moto frissonna malgré le soleil. « Au Japon aussi, dit-il, nous connaissons ce mauvais esprit. Les sorciers l'appellent Nurk-u le Méchant.

— Oui, il est très méchant, mais Papa dit que, un jour, si je suis sage et patiente, je pourrai courir. » Elle se leva péniblement, cala ses béquilles sous les bras et dit, souriant à Tromp-O-moto : « Allons jusqu'au bout du jardin !

— Vous êtes sûre que c'est bon pour vous, Pat-ri-cia ?

— Oh oui. Papa dit que je dois m'exercer tous les jours. Mais il faut se méfier des serpents — ils se cachent parfois dans l'herbe. »

Ils partirent lentement, Tromp-O-moto un peu en avant pour veiller au danger. Au bout du jardin, il y avait une petite piscine et le terrain faisait une bosse. Il l'escalada pour voir au loin. « C'est immense, dit-il, inquiet... et pas une colline, pas une maison, rien du tout...

— Nos voisins n'habitent pas loin. Papa met une demi-journée pour y aller. Il est l'intendant de Moonside. Ce n'est pas très grand. Un jour de jeep de ce côté et deux de l'autre.

— Mais c'est très très immense !

— Non, O. C'est petit pour ici. Nous avons trente mille moutons, deux ou trois cents bovins et des tas et des tas de blé. » Elle s'appuya sur ses béquilles. « A quoi ressemble le Japon ?

— C'est très, très différent d'ici.

— J'aimerais tant voir le Japon ! »

Il y eut soudain une bourrasque de vent. Elle se sentit expédiée vers le ciel et, le souffle coupé, ferma les yeux.

OH ÇA, ALORS ! SOUFFLA- T -ELLE.
Elle se trouvait au Japon, devant la mer, dans un étrange et ravissant petit village avec des pêcheurs, des bateaux, des filles et des garçons qui jouaient en riant. « Nous sommes au Japon ! s'écria-t-elle. Nous sommes au Japon ! Comment as-tu fait cela, O ?

— Eh bien, dire à un sorcier : « j'aimerais tant... », c'est une formule magique.

— Alors si je dis : « j'aim... » Elle s'arrêta juste à temps. « Si je dis la formule magique, tu réaliseras chaque fois mon voeu ?

— Eh non, dit-il. En fait, je ne suis pas encore un vrai sorcier. Et même avec les vraies sorcières et sorciers, ça ne marche pas toujours. A vrai dire, je ne sais pas vraiment comment ça marche.

— Pourrons-nous revenir à la maison, Tromp-O ? Je veux dire... » Elle parut inquiète. « Il faut que je sois de retour pour le thé.

— C'est quand ?

— Juste avant le coucher du soleil. Comme partout. » Elle fronça les sourcils. « Vous ne prenez pas le thé, en fin de journée, après le travail ?

— Non, nous mangeons autrement. » Il sourit. « Ne t'en fais pas, Pat-ri-cia. Ka-chan peut te ramener chez toi pour le thé. Mais allons d'abord à la maison et tu la verras. » Il se mit à rire. « C'était une bonne farce, hein, le « tour » au Japon... pouff, en un éclair !

— Oh oui ! » Elle s'aperçut alors que tous étaient minuscules, comme lui, et qu'elle était une sorte de géante. » Mais O, je suis si grande et toi si petit. Peux-tu faire quelque chose ?

— Bien sûr, Pat-ri-cia. » Il fit un signe magique et dit une formule qu'elle ne put comprendre. « Tire le lobe de ton oreille gauche, vite ! » ordonna-t-il.

Elle obéit, sentit soudain une tape sur la tête et se mit à rétrécir, rétrécir, rétrécir... et voici qu'ils avaient la même taille. « Tu es un super-sorcier, O !

Les yeux écarquillés, elle regarda les petites maisons de bois groupées, avec leurs toits aux

tuiles d'argile bleue, chacune son petit jardin et sa palissade. Elle n'avait jamais rien vu de pareil. Les bateaux étaient bien rangés et les pêcheurs réparaient des filets. Au sud, le port était protégé par un cap. Des nuages tournoyaient autour d'un doux soleil, des mouettes piaillaient en jouant au-dessus des vagues. Au loin, la mer bleu vert était parsemée d'îles, petites, grandes ou minuscules. Au nord, il y avait de hautes collines puis des montagnes d'un vert sombre magnifique, avec de grands arbres et plein de fleurs sauvages. « Que c'est joli, O ! Je n'ai jamais rien vu de si joli. J'ai toujours eu envie de vivre près de la mer. De quel côté allons-nous ?

— Par ici. Attention aux pierres. Elles sont parfois glissantes. » Il la conduisit, le long de la pente, vers les enfants qui jouaient sur la plage.

« Bonjour, dit-elle poliment, mais personne ne la regarda. Que se passe-t-il, O ?

— Ah, excuse-moi, Pat-ri-cia ! Ils ne te voient pas et ne t'entendent pas. Seuls les sorciers le peuvent. Mais ne t'inquiète pas, ajouta-t-il en la voyant soucieuse. Je veille sur toi.

— Merci, Tromp-O. Je n'ai pas peur quand tu es près de moi.

— C'est fait pour ça, les amis, » dit-il.

Elle se reposa un moment, observant les enfants qui jouaient dans les vagues. « Alors c'est comme un rêve, comme au pays des rêves ?

— Non, pas du tout. » Il la pinça doucement. « Tu vois, c'est réel. Nous sommes dans la réalité.

— Oh, c'est bien ! » s'écria-t-elle avec bonheur, et elle reprit le chemin.

Il s'arrêta bientôt devant une adorable maison avec des murs en lattes de bois percés de carrés de papier, plein de pots de fleurs brillantes, un sentier de pierres plates menant à la porte de bois et de papier qu'il fit glisser. Il se débarrassa de ses chaussures et courut à l'intérieur. « Ka-chan, Ka-chan watachi desu », cria-t-il. C'était en japonais mais, comme le petit sorcier tenait Patricia sous son charme, elle comprenait tout ce qu'il disait. « Maman, c'est moi ! » avait-il crié.

Un cri de joie lui répondit. « Où étais-tu, mon fils ? Je t'ai cherché partout et... oh ! » La superbe dame s'arrêta en apercevant la petite fille sur le seuil de la porte. Elle portait un kimono chatoyant, rose, avec des poissons brodés. Ses longs cheveux noirs étaient noués en un chignon. A l'extérieur comme à l'intérieur, la maison était impeccable. Il n'y avait pas de meubles, sauf quelques tables très basses et des coussins posés sur le sol couvert d'une étrange et belle natte. « Qui est-ce ?

— Pat-ri-cia d'Australie, dit Tromp-O-moto d'un ton important. Je lui ai fait faire un *tour* ici.

— Ah, d'Australie ! Très bien, mon fils. Sois la bienvenue, Pat-ri-cia. Entre et viens t'asseoir, mais laisse-moi d'abord t'ôter les souliers. » Elle s'agenouilla pour aider la petite fille. « Nous ne portons jamais de souliers dans la maison, et cela nous permet de la garder propre.

— Quelle bonne idée, madame Tromp-O-moto! Maman s'épargnerait bien du travail. Tout est si propre et différent, ici !

— Son ranch est plus grand que la ferme la plus énorme du Japon, dit Tromp-O-moto.

— Ah bon? Mon nom est Minamoto-Tromp-O-moto, mais appelle-moi Ka-chan. Veux-tu du thé ?

— Oui, merci bien, Ka-chan. » Comme elle s'asseyait avec maladresse sur l'un des coussins, à même le sol, l'une des béquilles lui échappa, mais Tromp-O-moto la rattrapa.

« Tac-tac-bang n'a pas fait bang cette fois », dit-il en riant, puis il expliqua à sa mère pourquoi la béquille s'appelait ainsi.

« Je comprends, à présent. Tu as été malade, ma pauvre enfant !... Buvons notre thé, maintenant. » Ka-chan joignit les mains et dit : « Esprits, esprits, écoutez ces mots : Minamoto-trompo-moto-minamoto-trompomotooooooh ! Du thé, s'il vous plaît ! »

Et voici qu'apparut une ravissante théière sur un plateau, avec de petites tasses assorties, sans anses. La petite fille, enchantée, battit des mains. « Vous m'apprendrez à le faire, Ka-chan ?

— Quand le temps viendra, Pat-ri-cia. Le temps des esprits. » Ka-chan versa le thé. Il était vert et très clair.

« Je n'ai jamais vu du thé comme ça, Ka-chan. Le nôtre est foncé, et nous le buvons avec du lait et du sucre.

« — Moi non plus, je n'ai jamais bu de votre thé. Veux-tu essayer celui-ci, Pat-ri-cia ? Vraiment ?

— Oh oui !

— Vois-tu, je n'ai jamais rencontré personne d'Australie. Peux-tu me parler de ta maison et de ta vie ? »

Ce que fit la petite fille. Elle se sentait aussi bien que chez elle. Puis Tromp-O-moto raconta

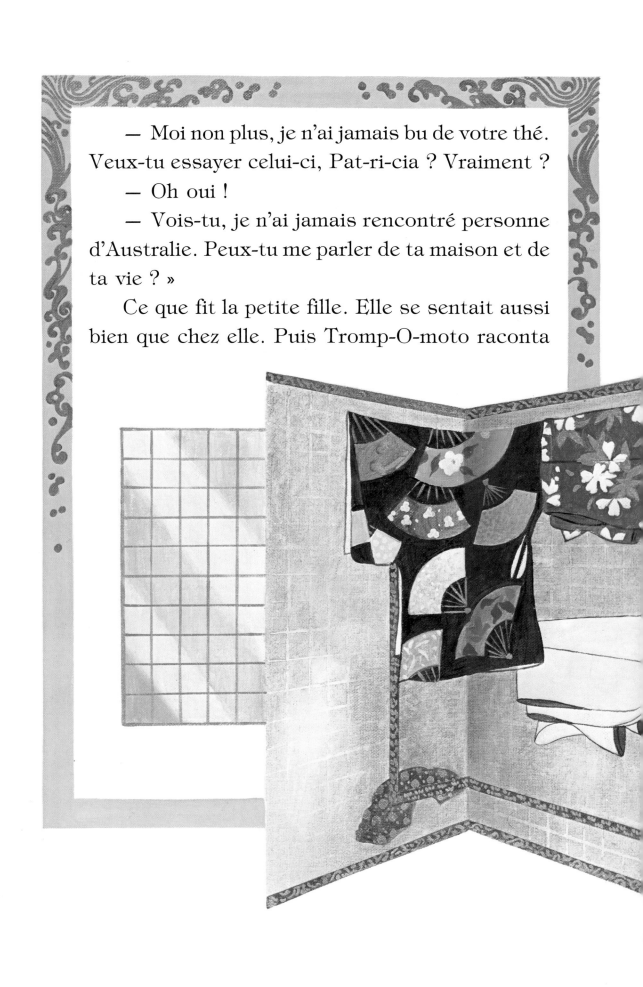

comment ils étaient arrivés et comment son premier tour avait raté.

Ka-chan le gronda gentiment. « Tu as oublié de tirer le lobe de ton oreille droite après avoir dit les mots magiques. Viens tout à l'heure avec moi chez Grand-père Dix. Je te montrerai encore une fois ce qu'il faut faire, tu pourras t'exercer au retour et tu ne te perdras plus.

— Je peux y aller aussi, Ka-chan, s'il vous plaît ? demanda la petite fille.

— Bien sûr !

— Ka-chan, dit Tromp-O-moto, pourrions-nous, juste pour une fois, l'emmener sans ses béquilles ? Elle est sous un mauvais sort et, à vrai dire, elle marche difficilement. Ne pourrais-tu jeter un bon sort à Pat-ri-cia, s'il te plaît ? »

Ka-chan réfléchit un instant, puis dit : « Bien, O, qu'elle vienne sans ses béquilles pour cette fois, mais il lui faut une canne. » Elle disparut dans la maison et revint avec un vieux bâton noueux. « Il appartenait à mon arrière-grand-père et t'aidera, mon enfant. Mais sois prudente, car la magie ne fait pas tout. A présent, donnons-nous la main, disons les mots magiques et touchons le lobe de notre oreille droite. Prêts ?

— Oui », répondirent-ils en chœur. La petite fille avait le cœur battant.

«Esprits, esprits, écoutez ces mots: Minamoto-trompomoto-minamoto-trompomoto... » Puis Ka-chan ajouta une formule secrète. Chacun toucha le lobe de son oreille droite et, soudain, ils se

retrouvèrent en montagne, dans une grande forêt, au milieu d'une clairière entourée d'arbres hauts et magnifiques, avec une petite cascade qui tombait du ciel dans un ruisseau limpide. Un pont courbe enjambait le ruisseau et, tout près, il y avait une maisonnette fleurie aux tuiles bleu-vert. Une fumée s'élevait d'un petit feu allumé dans le jardin et, sur le feu, chauffait un grand chaudron.

« Nous y sommes, dit Ka-chan. Venez. Tout va bien, Patricia ?

— Oui, je crois. » Elle fit timidement un pas hésitant. Chose étrange, vraiment très étrange, elle tint bon. Encore un pas, puis un autre. La canne lui donnait de la légèreté.

« Bravo, Pat-ri-cia, dit Tromp-O-moto pour l'encourager, bien qu'il fût très inquiet. Comment te sens-tu ?

— Très bien », affirma-t-elle, rayonnante. Elle voyait ses pieds avancer l'un après l'autre, comme ceux des autres enfants, avec juste un picotement et une sensation bizarre dans les jambes. « C'est merveilleux, Ka-chan ! » Mais, comme elle atteignait le milieu du pont, le ciel s'assombrit

et un vent froid arracha leurs vêtements. Puis, dans le brouillard soudain, ils entendirent craquer des branches, de plus en plus fort, de plus en plus près. Les enfants se blottirent dans les jupes de Ka-chan. « Que se passe-t-il ? cria la petite fille, effrayée.

— Vite... vite, courons ! » Ka-chan la prit dans ses bras et, avec Tromp-O-moto, s'enfuit en sens inverse. Mais le bruit les poursuivit. Ils coururent de toutes leurs forces tandis que le vent, de plus en plus violent, tentait de les arrêter. Toujours de l'avant, à travers la forêt, à l'assaut des collines, sur les ponts, le long des champs de riz, sur le sentier de montagne escarpé où le vent arrachait

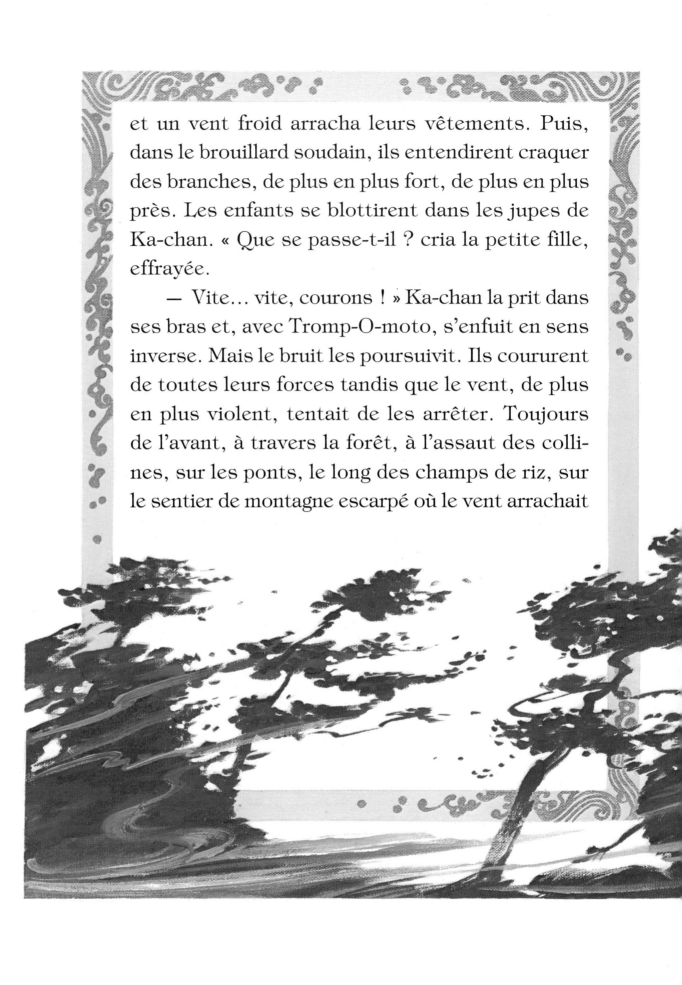

des tourbillons de feuilles et de pétales. Soudain le chemin disparut, et ils se trouvèrent au sommet d'une falaise. « Oh terrible-moto ! se lamenta Ka-chan. Nous sommes piégés.

— Par qui ? par quoi ? » Patricia serrait sa canne. Ils entendirent alors, venant de la forêt, tonner la voix cruelle. « C'est moi, Nurk-u le Méchant ! »

La petite fille sursauta. Les arbres tombaient, déracinés. La terre tremblait. Nurk-u apparut, aussi haut que le ciel, vêtu de feu, avec ses cinq yeux, ses cheveux bleus et, à chaque main, dix doigts aux ongles longs comme des couteaux d'où s'écoulait du poison vert.

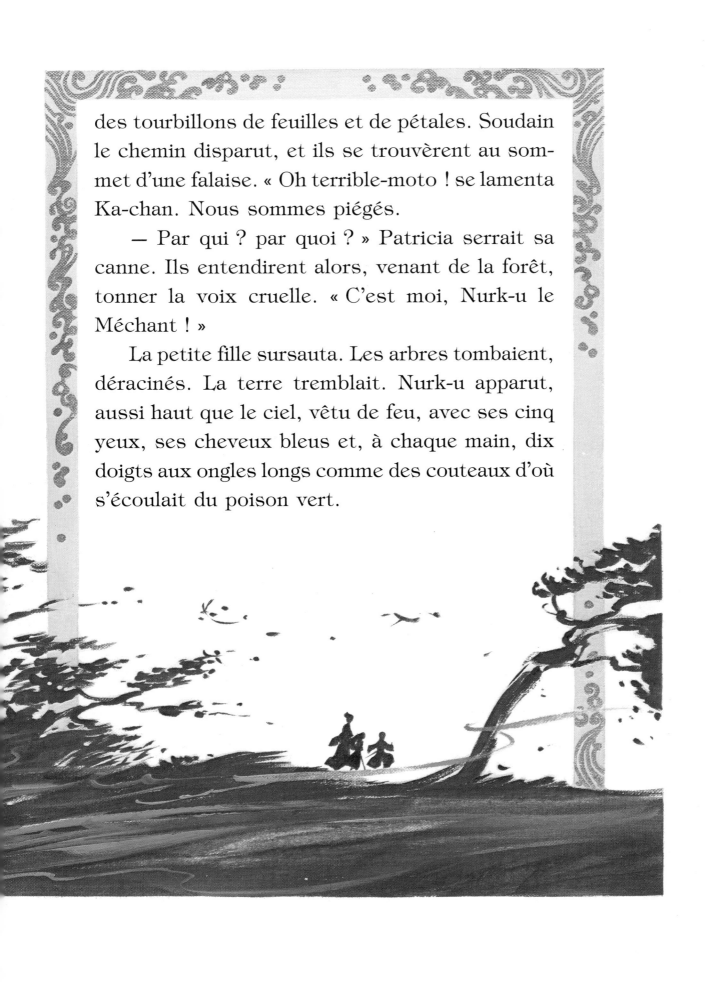

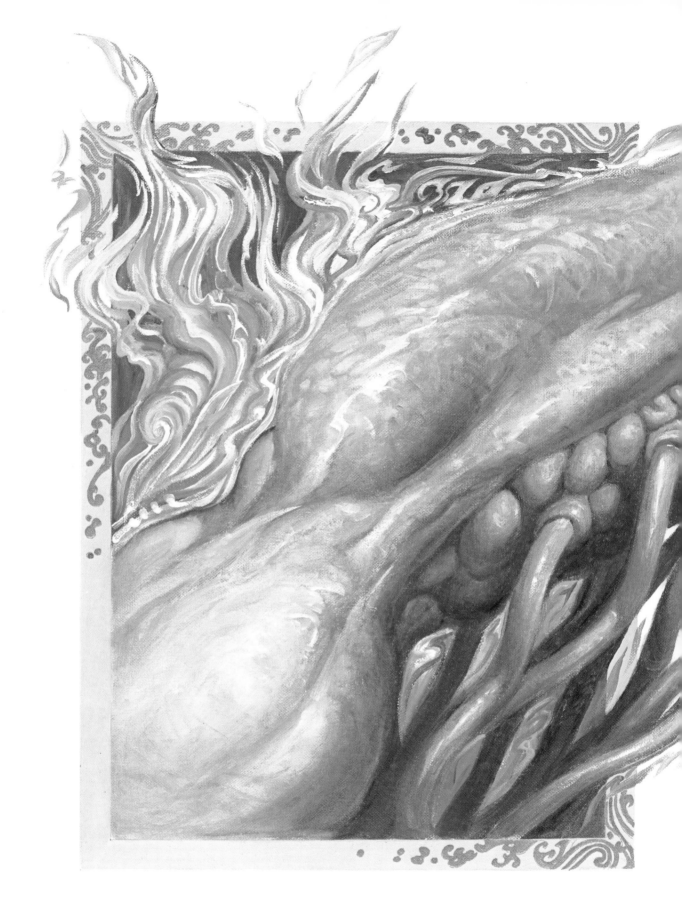

[44]

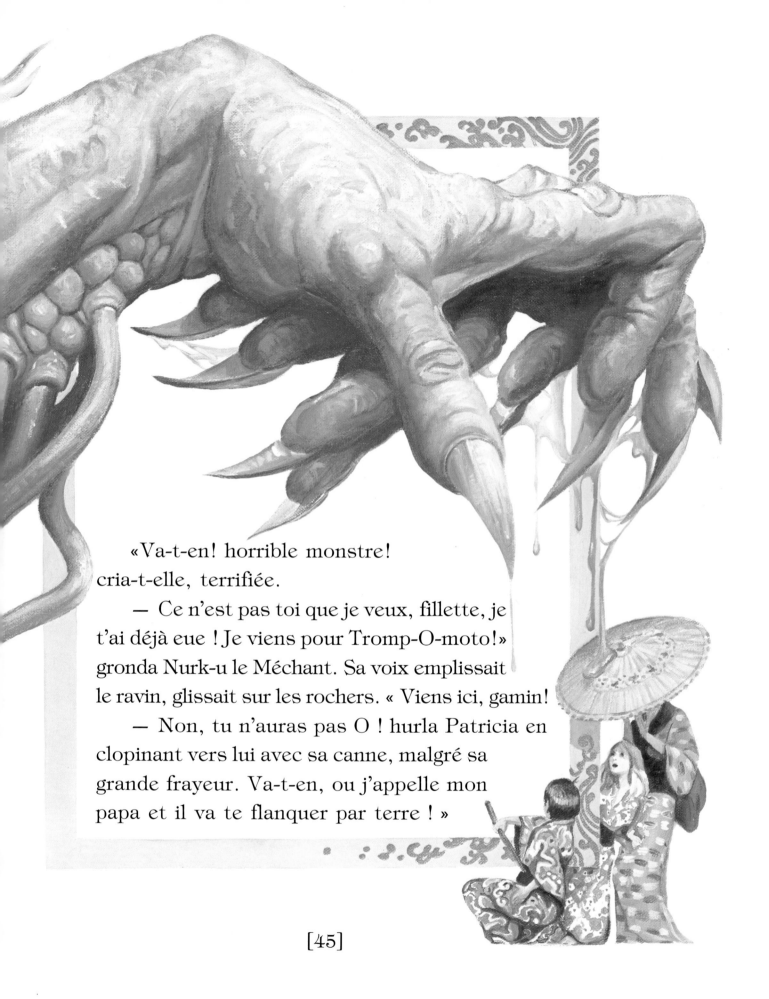

«Va-t-en! horrible monstre!
cria-t-elle, terrifiée.

— Ce n'est pas toi que je veux, fillette, je
t'ai déjà eue ! Je viens pour Tromp-O-moto!»
gronda Nurk-u le Méchant. Sa voix emplissait
le ravin, glissait sur les rochers. « Viens ici, gamin!

— Non, tu n'auras pas O ! hurla Patricia en
clopinant vers lui avec sa canne, malgré sa
grande frayeur. Va-t-en, ou j'appelle mon
papa et il va te flanquer par terre ! »

[45]

Mais Nurk-u le Méchant ne fit qu'éclater de rire. Son souffle plaqua la petite fille au sol. Elle essaya de se relever. Derrière elle, Ka-chan cria : « Vite, mon fils, défends-toi, défends-la, tu dois mener ce combat tout seul. Mais ne te laisse pas toucher par ses ongles empoisonnés ! »

Tromp-O-moto s'élança. Il aida Patricia à se relever puis se retourna vers Nurk-u le Méchant. Essayant de contenir sa peur, il fit vivement tous les signes magiques qu'il connaissait et lança de sa petite voix aigüe : « Esprits, petits et grands, entendez ces mots ! Trompo-moto-ozimoto-nasimoto-touti-moto ! », puis il ajouta les paroles magiques, impossibles à écrire, qui ne peuvent qu'être dites, et il se mit à grandir, grandir... Lorsqu'il eut atteint la taille de Nurk-u, les petits bâtons dans sa ceinture devinrent des épées et il fonça vers le monstre en poussant un grand cri.

A présent la bataille faisait rage sur le bord de la falaise. Chacun visait l'autre mais ils se manquaient. Ils tournaient, se guettant. Soudain Nurk-u bondit. Les ongles du vampire fendirent le kimono de Tromp-O-moto, qui recula et, par bonheur, les griffes ne touchèrent pas sa peau.

Ils tournèrent encore, se guettant, puis O fit un pas de côté et frappa de toutes ses forces. Son épée cingla l'air et arracha la tête du monstre. Mais la bataille n'était pas gagnée et ils gémirent tous de désespoir lorsque, soudain, une tête encore plus horrible que l'autre prit sa place. Il y avait maintenant dix yeux au lieu de cinq, et le corps monstrueux était couvert de barbes.

Nurk-u le Méchant explosa de rage et hurla : « Je vais te donner une leçon, Tromp-O-moto ! » Il s'élança avec un tel élan que le garçon fut envoyé tout au bord de la falaise.

Ka-chan et la petite fille étaient atterrées. Tromp-O-moto chancela au-dessus du vide mais, au prix d'un grand effort, retrouva l'équilibre et put, lorsque

Nurk-u bondit vers lui, s'échapper de côté et frapper l'ennemi. Le coup était bon et l'un des bras du monstre tomba, mais repoussa aussitôt, encore plus gros qu'avant.

«Tu ne me battras jamais!» hurla Nurk-u. La terre trembla quand il trépigna rageusement. Intrépide, le garçon tint bon, tourna, puis chargea de nouveau. Hélas ! l'épée lui fut arrachée des mains et il trébucha.

Soudain Nurk-u abattit son arme. Patricia, désespérée, cria pour avertir Tromp-O-moto. Il l'entendit à la dernière seconde, tournoya, se redressa, puis s'échappa et, sans crier gare, repartit à l'attaque. Il saisit son adversaire à bras-le-corps et l'immobilisa.

Ils roulèrent jusqu'au bord du précipice. La terre commençait à s'effriter.

« Vas-y, O ! cria Patricia pour l'encourager, bien qu'elle fût très effrayée et si petite face aux deux géants. Tu dois gagner, O !

— Tiens bon, mon fils ! Sauve ta vie ! cria Ka-chan.

— Gagne ! cria la petite fille de toute sa force. Gagne, O, je sais que tu le peux ! »

Elles regardaient sans pouvoir l'aider. Le combat continua longtemps. Tromp-O se fatiguait. Une fois de plus, il saisit Nurk-u à bras-le-corps. Soudain le monstre, rusant, feignit de glisser, mais il pivota et le garçon tomba presque à ses pieds. Nurk-u le Méchant poussa un cri triomphant. O vit approcher les ongles empoisonnés de plus en plus près, de plus en plus près... Mais il réussit une feinte et déséquilibra son ennemi. D'un dernier et puissant effort, il parvint à soulever le vampire hurlant et le jeta dans le précipice.

« Tu es le meilleur, O ! cria Patricia folle de joie. Tu l'as battu, tu l'as battu, tu as gagné ! Bravo,O, bravo !

« — C'est bien, mon fils, très bien !

— Merci, maman, merci Pat-ri-cia. » Tromp-O les regarda avec attention, sa sueur s'écoulant en ruisseaux, le halètement de son souffle rugissant comme une tornade. « Vous allez bien, toutes les deux ?

— Oui, merci.

— Bravo, mon fils ! » Ka-chan était si fière de lui. « A vrai dire, tu t'es très bien débrouillé. Peut-être pourrais-tu revenir à notre taille, à présent.

— Oh, pardon ! dit-il. Mais, Ka-chan, j'ai besoin d'aide. »

Un instant plus tard, il avait retrouvé sa taille normale et elles le félicitèrent encore. Ka-chan s'assura qu'il n'avait pas la moindre égratignure. Pour être tout à fait sûre, elle dit quelques mots magiques. « Mais tu t'es protégé, mon fils. Et tu nous as protégées aussi. Il y a malheureusement, même pour les sorciers, des moments où on est seul, tout seul, à pouvoir mener certains combats. Encore bravo. Venez, nous ne risquons plus rien. »

Ils repartirent et, comme la canne était magique, Patricia s'aperçut qu'elle pouvait

presque bien marcher
sans trop s'appuyer
dessus. « Oh, comme
c'est merveilleux ! Je
me sens les jambes
drôles, Ka-chan, mais je
crois que j'arriverai.

— Prudence, Pat-ri-cia,
l'avertit Ka-chan.
Pas trop à la fois
et n'oublie jamais
d'emporter la canne
avec toi.

— Je n'oublierai
pas, Ka-chan.

— Bien. Marche un peu
plus chaque jour et, qui
sait ? Après tout, tu as
été très courageuse aussi,
et c'est très important.
N'est-ce pas, mon fils ?

— Oh, oui ! »

Ils reprirent, joyeux,

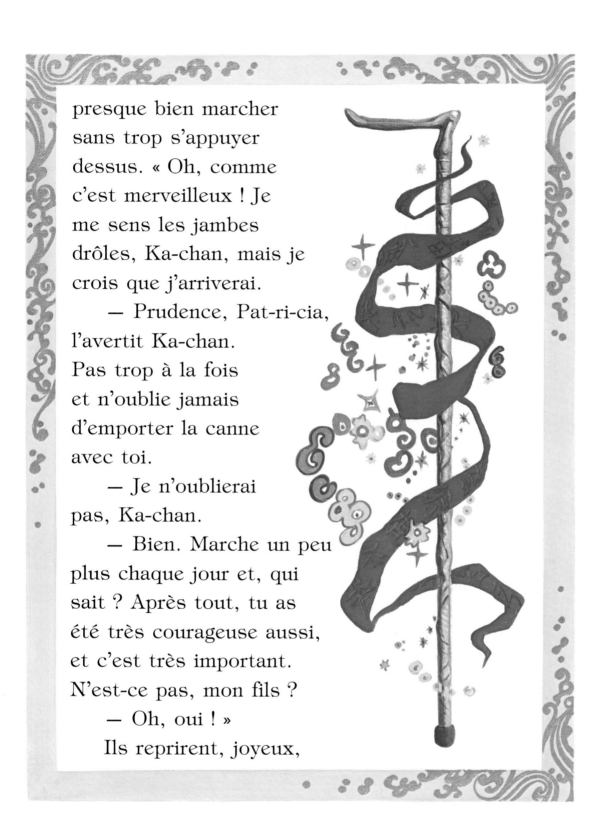

le chemin de l'aller, en marchant lentement. Le soleil les éclairait à présent, les oiseaux et les insectes leur souhaitaient la bienvenue. Ainsi fit Grand-père Kazimoto-minamoto-toramoto-maximoto-tromp-o-moto-dix. « Mais appelle-moi Dix, Pat-ri-cia. Tu vois, dit-il avec gravité, je suis le Dixième Sorcier de la famille.

— Oui, dit Ka-chan. Et le plus sage.

— Pas le plus sage. » Le vieil homme gloussa, la main posée sur son gros estomac. « Mais à coup sûr le plus assoiffé. » Il versa du saké dans de petites coupes et tendit l'une à Patricia. « Goûte, c'est comme du vin. Nous le buvons chaud. »

Elle prit une gorgée. Son nez se plissa. « Je crois que je dois attendre d'avoir grandi, Grandpère Dix. Je n'aime pas non plus la bière. »

Ils parlèrent, parlèrent, et il les félicita. « Nurk-u le Méchant est très, très cruel. Rares sont ceux qui lui échappent et, pour peu que l'une de ses griffes vous égratigne… oh, dinimoto ! vous attrapez la maladie.

— Oui, dit Patricia. C'est vrai. Je ne me souviens pas si Nurk-u le Méchant m'a griffée, mais je suis tellement heureuse qu'il ne t'ait pas touché, O, et aussi tellement heureuse d'être ici. On est si bien que j'ai presque oublié Tac-tac-tac et Tac-tac-bang ! » Elle expliqua à Grand-père Dix que c'était le nom de ses béquilles.

« Ah, je comprends, maintenant ! dit-il.

— Grand-père, commença Tromp-O-moto. Existe-t-il une boisson magique ou un charme contre Nurk-u le Méchant ? Je veux dire, après qu'il ait griffé quelqu'un, Pat-ri-cia par exemple.

— Oui et non, mon enfant, oui et non. » Le vieux sorcier l'inspecta, sourcils froncés. Elle sentit son coeur faire badaboum badaboum.

« Elle a été très courageuse, et c'est le début de la magie, dit-il. Mais.... » Il resta silencieux pendant un long moment.

« Et le zu-nu-xu-plonk-u ? interrogea Ka-chan.

— Non, Ka-chan, je crains qu'il ne soit inutile en ce cas. Buvons, mangeons un peu, et moi, je vais réfléchir pendant ce temps. »

Ce qu'ils firent. Le soleil se coucha. Un jour, une nuit passèrent, puis un autre jour. La petite

fille était contente car ils lui avaient expliqué que le temps magique était différent du temps ordinaire. Elle joua dans le ruisseau, nagea et, chaque jour, elle marchait un peu mieux. Il lui suffisait d'emporter sa canne, elle n'avait plus besoin de prendre appui. Le soir, devant le feu, elle leur contait des histoires sur sa maison et comment, un jour, elle irait, avec Papa et Maman, voler tout autour du monde. «Bien sûr, je préférerais faire un *tour* comme vous, dit-elle.

— Les tours, c'est vraiment bien. Si c'est bien fait,

soupira Tromp-O-moto. Il faut travailler beaucoup pour devenir un sorcier. L'école est très dure. »

Elle soupira aussi. « C'est pareil pour moi, O. L'école est loin de la maison et… et comme je ne peux pas marcher loin, j'apprends chez moi, et je n'ai pas d'amis pour jouer. Mais grâce à Papa et Maman, j'en sais autant que les autres enfants.

— Sans amis, la vie peut être très difficile, dit Ka-chan en la serrant contre elle. Mais maintenant, nous sommes tes amis. »

Ils parlèrent ainsi pendant des jours et des nuits, et s'amusèrent. Un jour, le soleil se couchait lorsqu'ils entendirent : « Tromp-O-motoooh !

— C'est Grand-père Dix. Il a peut-être trouvé le charme ! On fait la course?»

proposa Tromp-O-moto.

En ce temps-là, la petite fille
pouvait même courir, en tenant le bâton
magique de Ka-chan. Elle gagna la course et
tous deux furent très heureux.

« Alors, Grand-père ? demanda-t-il avec espoir.

— Primevères du Soir ! s'écria le vieil homme.
Essence de Primevères du Soir ! Voilà la réponse !
ESP ! Avec ESP, un ou deux mots magiques, plein
de courage, beaucoup de patience,
tirer ton oreille droite et faire kozz-
zimotooooooh ! ça devrait marcher.

— Merci, oh merci, Grand-père
Dix ! dit Tromp-O, très heureux. Mais
où trouverons-nous l'Essence de
Primevères du Soir ?

— Hélas, je ne
sais pas ! Il faut
demander

à Ka-chan, dit le vieux sorcier. Le Bassin magique lui donnera la réponse. »

Ils filèrent et la trouvèrent dans le jardin. « Vite, vite, s'il te plaît, Ka-chan ! pria Tromp-O-moto. Partons tout de suite.

— *Je* vais partir, mes enfants, répondit-elle aussitôt, leur cachant sa frayeur. Je dois aller seule. Il y a, dans la vie, beaucoup de choses qu'on doit faire tout seul, et c'en est une. Plusieurs personnes ne peuvent regarder en même temps dans le Bassin. Après le dîner, j'irai au pays de Xanadu où Kubla Khan a fait édifier le majestueux monument du plaisir et où Alph, la rivière sacrée, traverse des cavernes sans bornes pour se jeter dans la mer infinie. Là-bas, je...

— Mais, où est Xanadu? demanda la petite fille.

— Là où je dois aller, au-delà du soleil couchant, et je dois y aller seule. Ce soir, ajouta Ka-chan, changeant de sujet, nous aurons du poisson grillé, du riz et... » Elle leur parla du repas qu'elle avait préparé mais ne pensait qu'à son voyage. Ce serait long, pénible et dangereux. Tant pis, pensa-t-elle. Je le ferai pour Patricia...

[63]

La quête lui prit un an et un jour, et Gangie la Sorcière tenta de l'arrêter, de même que Fu aux quarante têtes, mais elle revint sauve.

« Je suis si heureuse de vous voir, Ka-chan, dit la petite fille en l'étreignant. Nous nous sommes tous fait du souci. Vous allez bien ?

— Oui, oui, merci, répondit Ka-chan, joyeuse et très émue de les revoir. Mais je suis affamée, j'ai à peine mangé depuis mon départ. »

Patricia se précipita aussitôt dans la cuisine pour apporter du riz et d'autres aliments qu'elle avait préparés. En l'absence de Ka-chan, elle avait appris à faire la cuisine, à nettoyer, et la maison était impeccable. Plus besoin de canne ! Elle la portait dans la ceinture du kimono offert par Grand-père Dix.

« C'est délicieux, Pat-ri-cia ! dit Ka-chan ravie de ses progrès. Je vais me reposer un peu, mais appelez-moi au retour de Grand-père Dix. »

Ce soir-là, lorsque Patricia eut versé du saké chaud à Grand-père Dix, Ka-chan commença : « L'Essence de Primevères du Soir provient d'une fleur semblable à la petite primevère aux calices dorés. On la trouve en différents endroits, cultivés ou sauvages, dans le monde entier. Mais la Primevère du Soir capable de guérir Pat-ri-cia du sort jeté par Nurk-u le Méchant fleurit dans un endroit nommé An-gle-terre et...

— C'est de là qu'est venu mon Grand-papa ! s'écria la petite fille.

— Cela nous aidera, dit Ka-chan. Eh bien, dans tout le pays d'An-gle-terre, ta fleur ne pousse que dans une seule clairière, m'a-t-on dit, qui appartient au grand sorcier Charley Boidlabière.

— Ce vieux Boidlabière, je le connais!» Grand-père Dix devint tout rouge et, dans son émotion, renversa sa tasse. « Je l'ai rencontré à notre réunion, il y a euh... environ huit cent vingt ans.

— Oh lala ! dit Patricia. Il y a bien longtemps, Grand-père Dix.

— Oui mais, pour un sorcier, Pat-ri-cia, c'est comme hier, dit-il. Attendez un instant, je crois avoir sa carte de visite quelque part. » Il finit par la trouver. «Hummmmmm! La clairière est située dans le sud du pays, à Friendly Manor et il y a un cercle magique

Charley Boidlabière Esq.
FRIENDLY MANOR
ANGLETERRE

ainsi qu'un arbre géant kami. Un kami est un bon esprit, Pat-ri-cia. Mais, oh dinimoto, il semble que je ne puisse y aller et Ka-chan non plus...

— J'irai, dit aussitôt Tromp-O-moto. J'irai.

— Mais ce sera difficile, plein de dangers !

— Je n'ai pas peur. Je veux le faire pour elle.

— Mais O, dit Patricia, il ne faut pas y aller si c'est dangereux. Tu t'es déjà assez battu pour nous. J'ai peur pour toi, O.

— Pfft ! Je trouverai la Primevère du Soir pour toi. Je partirai après le dîner.

— Bien, O, dit Patricia. Alors, allons-y tous les deux. C'est plus juste. »

Ils se disputèrent. Mais gentiment. Puis ils s'accordèrent. Ka-chan avait trouvé : pour cette fois, juste pour ce voyage, la petite fille serait une apprentie sorcière.

« Oh merci ! dit-elle enchantée, en battant des mains. J'aimerais tant être une sorcière.

— Alors tu en es une ! dit Ka-chan. Tu viens de prononcer, de toi-même, les premiers mots de magie. Mais n'oublie pas ta canne.

— Oui, promis. Et je ne la perdrai pas ! »

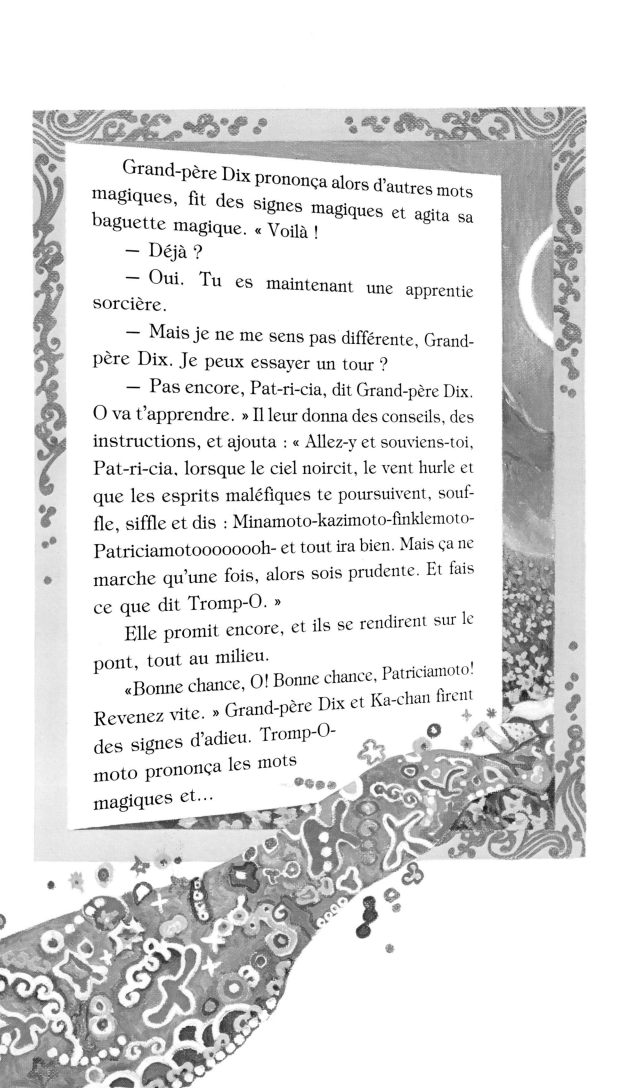

Grand-père Dix prononça alors d'autres mots magiques, fit des signes magiques et agita sa baguette magique. « Voilà !

— Déjà ?

— Oui. Tu es maintenant une apprentie sorcière.

— Mais je ne me sens pas différente, Grand-père Dix. Je peux essayer un tour ?

— Pas encore, Pat-ri-cia, dit Grand-père Dix. O va t'apprendre. » Il leur donna des conseils, des instructions, et ajouta : « Allez-y et souviens-toi, Pat-ri-cia, lorsque le ciel noircit, le vent hurle et que les esprits maléfiques te poursuivent, souffle, siffle et dis : Minamoto-kazimoto-finklemoto-Patriciamotoooooooh- et tout ira bien. Mais ça ne marche qu'une fois, alors sois prudente. Et fais ce que dit Tromp-O. »

Elle promit encore, et ils se rendirent sur le pont, tout au milieu.

«Bonne chance, O! Bonne chance, Patriciamoto! Revenez vite. » Grand-père Dix et Ka-chan firent des signes d'adieu. Tromp-O-moto prononça les mots magiques et...

O H, C'EST ALLÉ VITE ! » DIT-ELLE. Le bois était joli, doux. Le soleil, près de se coucher, filtrait entre les feuilles et les dorait. Un ruisseau paisible courait tout près. Des oiseaux jouaient dans les rameaux en s'appelant. Et tout autour, il y avait un tapis de fleurs jaunes... « Est-ce que ce sont des Primevères du Soir ? demanda-t-elle d'un trait.

— Sûr, c'en est », grinça une voix. Ils se retournèrent, effrayés. Pas âme qui vive.

« M. Charley Boidlabière ? C'est vous ?

— Sûr, c'est moi. Et vous alors, qui vous êtes ?

— Tromp-O-moto et Patricia. Nous sommes envoyés par Grand-père Dix.

— Ce vieux Dix ! » Il gloussa. « Sacré vieux Dix ! Comment va mon vieux pote ?

— Il va très bien, merci, dit Tromp-O-moto.

— A la bonne heure ! » Un petit homme grassouillet se montra, une chope de bière à la main. Il portait un long manteau et des pantalons

étroits, rapiécés, pas très propres, ainsi qu'un haut de forme abîmé, drôlement perché sur sa tête. Il avait les yeux brillants et un gros nez tout rouge. Il prit une lampée de bière avant d'interroger, souriant : « Que puis-je pour vous ? »

Ils lui dirent.

« Humm, fit-il puis, après une gorgée de bière : T'es anglaise, petite ?

— Je suis australienne, répliqua-t-elle. Grand-papa venait de Londres.

— Ah, connais ! J'ai été là-bas en vacances. Humm ! Alors, comme ça, tu veux de l'ESP. Le stock est plutôt maigre, en cette saison.

— Oh, s'il vous plaît !

— Oh, s'il vous plaît ! fit Tromp-O-moto en écho. Donnez-en un peu ! C'est pour Patricia. Nurk-u le Méchant l'a griffée quand elle était petite.

— Horrible, horrible.» Il hocha la tête. «Quel démon épouvantable, çui-là ! D'accord, mon petit

[74]

moineau, mais souviens-toi, je ne t'en donnerai qu'un flacon — c'est la règle — et me faut un p'tit cadeau en échange.

— N'importe quoi, promit Tromp-O-moto. Je ferai de mon mieux.

— Bien. Je veux quatre tonneaux de bonne bière anglaise, aussi hauts que cet arbre et aussi larges qu'un éléphant ! D'accord ? »

Ils regardèrent l'arbre. Rouge doré, il touchait le ciel. « L'arbre kami », pensa Tromp-O.

« J'essaierai, dit-il bravement, mais son coeur faisait boum.

— Bien. Sois prêt à la tombée de la nuit, camarade. Et toi, mignonne, viens avec moi. Nous allons chercher de l'ESP pendant que M. Tromp-O-moto fabrique ma bière. »

Patricia regarda Tromp-O, qui fit oui de la tête, et elle suivit le sorcier.

Ils s'enfoncèrent dans le bois. Un doux tapis d'aiguilles de pin couvrait le sol. Ici et là, en fleurs, quelques touffes de Primevères du Soir. Charley Boidlabière chanta une petite chanson et attendit.

Lorsque le soleil toucha la terre, il en chanta une autre, douce, douce, et se dirigea vers quelques plantes, pas toutes, pour demander leur sève secrète. Certaines acceptèrent, d'autres pas. « Elles ont un fichu caractère, tu sais, chuchota-t-il. Il t'a attrapée quand, Nurk-u le Méchant ?

— Il y a trois ans, je pense, dit-elle. Je ne sais pas vraiment. Il a presque eu O, hier ou quelque chose comme ça, mais O l'a battu.

— Il a eu de la chance. Faut garder l'oeil sur Nurk-u, tout le temps. L'est partout, sauf ici. Humm ! ça donne soif, ce travail. » Il s'arrêta, fouilla sous un lit de mousse et tira une autre chope de bière. « Ah, ça va mieux ! Maintenant, Pat, faut faire vinaigre. Dès que le soir approche, c'est terminé pour la journée. Plus d'ESP ! »

Elle le suivit de plante en plante, avec un gentil merci pour leur essence. Le soir tomba. Mais le flacon était presque plein. L'élixir doré étincelait comme s'il était empli de diamants et sentait une délicieuse odeur de moisson.

« Bien, bien, c'est mignon, ça ! dit-il. Suffit. Allons trouver O. »

Ils retournèrent dans la charmante clairière. « Oh ! fit-il, avec une drôle de tête. Kéksekça ? »

Tromp-O-moto était épuisé et presque en larmes. « J'ai fait de mon mieux, dit-il. Il n'y a eu que deux tonneaux, de loin pas aussi hauts que l'arbre, seulement larges comme un mouton, pas comme un éléphant, et en plus c'était de la bière japonaise et pas anglaise.

— Ne t'en fais pas, O, dit Patricia tristement. Tu as fait ce que tu as pu. C'est bien quand même.

— Hummmmmm ! » Charley Boidlabière inclina son haut de forme sur le front, se dirigea à pas lourds vers le premier tonneau et ouvrit le robinet. La bière moussa dans sa chope, qu'il vida d'un trait. Il alla au deuxième et fit de même.

« Hummmmmm ! Difficile de juger après une petite gorgée. » Il reprit une autre chope de chacun des deux tonneaux. « Eh bien, dit-il avec mauvaise grâce, c'est de la bonne bière, pas mal, même si tu n'as pas payé ta dette — n'est-ce pas ?

— C'est vrai, admit Tromp-O. Est-ce que je peux recommencer demain, s'il vous plaît ? Je devais être un peu fatigué.

— Non, pas pas demain, jamais plus, Tromp-O-moto, mon garçon ! Désolé, jeune homme, mais les affaires sont les affaires. » Il se versa une autre chope et la vida à longs traits. Son nez devint de plus en plus rouge. Puis il sourit. « Tu sais quoi ? Comme t'as fait de ton mieux, j'vais faire pareil. Prends l'ESP et pars avec ma bénédiction ! »

Ils dirent mille mercis. «Mais, M. Charley Boidlabière, demanda Tromp-O-moto, que doit faire Patricia avec l'Essence de Primevères du Soir ?

— La boire, bien sûr ! Une toute petite goutte, une fois par jour, au crépuscule. Et puis dire les mots magiques : Omm Mahnie Padmie Humm et salut au Grand Esprit, amstramgram pic et pic et colegram, un deux, trois, c'est toi ! Merci pour la bière, camarade. Je... »

[79]

Charley Boidlabière s'arrêta. Il pâlit. Au-dessus de lui, le ciel s'assombrissait. Le vent se mit à gémir dans les cimes des arbres. « Désolé, les copains. Faut que j'm'en aille. Y a plus de place ici pour un type de mon genre. Gardez l'ESP, vous n'aurez rien de plus. » Il décampa, aussi vif que l'éclair, et disparut à toutes jambes dans sa maison. Elle occupait la plus grande part d'un pommier sauvage qu'ils n'avaient pas remarqué.

La forêt devint de plus en plus sombre. Tromp-O-moto et Patricia se blottirent l'un contre l'autre. Il l'entoura de son bras et elle fit de même en serrant sa canne. Le ciel noircissait de plus en plus. Le vent levait des tourbillons de feuilles et de pétales. Ils entendirent bon nombre de primevères avertir : « Fermez vos maisons, cachez-vous dans la terre. Muldoona, l'horrible Reine de la Forêt, arrive. »

« Ne t'en fais pas, O, je ferai tout ce que je peux. » Patricia tremblait. « Vite, le tour !

— Oui, cramponne-toi ! Minamoto-kazi... kazi... Oh ! s'écria-t-il avec rage, j'ai oublié le mot d'après... le mot d'après...

— Vite, O ! Essaie très fort ! »

Le vent hurlait, ployant les arbres. Puis ce fut soudain le silence. Et elle apparut. Immense, avec huit bras semblables à de vieilles branches, des yeux de braise et une voix qui emplissait la forêt.

[82]

[83]

« Donne-moi mon ESPPP. Ce n'est pas pour les petites filles, c'est à moi, à moi ! Rends-la moi ou je t'envoie dans la Nuit du Monde ! » Tout autour d'eux se mirent à pousser des arbres maléfiques qui les emprisonnèrent. Impossible de fuir. « Vite, mon ESPPPPP, ou je vous dévore.

— Non, Reine de la Forêt, cria Tromp-O-moto, jamais ! Elle appartient à Pat-ri-cia. » Puis il souffla et siffla mais ne grandit pas d'un millimètre. « Oh, mon bon dinimotoooh ! » Il essaya encore et encore, mais sans résultat. La magie ne marchait pas. « Vous n'aurez pas l'ESP, elle est...

— C'est toi ou mon ESPPPP, O !

— Non, laissez O tranquille ! cria Patricia.

— C'est Tromp-O-moto ou mon ESPPPP, cracha la mégère.

— Jamais !

— Jamais ? Ha, ha ! Viens ici, O ! » Une tornade siffla autour de Tromp-O-moto, le souleva de terre et toute sa magie ne lui servit à rien. Il s'éleva de plus en plus haut, tourbillonnant et culbutant dans le ciel.

Soudain la petite fille saisit sa canne et se

mit à attaquer le monstre de toutes ses forces. Mais la Reine de la Forêt était en bois solide et la canne se fendit en deux morceaux. Désespérée, Patricia regarda dans le ciel. Tromp-O-moto n'était plus qu'un grain de poussière en route vers la Nuit du Monde.

« Tenez ! cria-t-elle, réunissant tout son courage. Voici l'ESP ! » Elle tendit le flacon au monstre qui avait fait croître, tout autour, une forêt mortelle au sifflement menaçant.

Le flacon trembla dans sa main, refusant de la quitter. Les plants de primevères se mirent à trembler, gémir et pleurer. « Tiens bon, tiens bon… »

« Voilà ! Prenez mon ESP, horrible Reine de la Forêt, dit-elle, tout en sachant qu'elle n'en aurait jamais plus. Mais seulement si vous ramenez O.

— D'accord, mais d'abord le flacon, d'abord mon ESPPPP, gronda Muldoona en tendant un bras qui ressemblait à la branche noueuse d'un très vieil arbre.

— Non, dit Patricia. Pas avant le retour de O !

— D'abord mon ESSSSSP ! hurla Muldoona si fort que toute la forêt trembla. Donne-la moi !

— Jamais!» Patricia recula en serrant le flacon. «Ramenez O... ou je jette jusqu'à la dernière goutte!

— Non... non... attends. Discutons...

— Vite, ou je vide le flacon... » Elle versa une goutte et l'horrible Reine gémit.

« Arrête... Tu as gagné, vilaine petite fille ! » Le vent tomba et Tromp-O apparut aussitôt dans le ciel. Il semblait que cela pût durer l'éternité, mais le garçon fut d'un coup sur terre. Aussi vive que l'éclair, Patricia cria : « Minamoto-kazimoto-finkle-moto-Patriciamotoooooooooh !

— Ohhhhhhhhhhhhhhhh... » Muldoona, lentement s'effondra. La sombre forêt démoniaque commença à se flétrir. Un vent agonisant souffla une dernière plainte puis la Reine de la Forêt disparut. Et, avec elle, les arbres mortels. Le soleil perça de nouveau les nuages. Les insectes revinrent en bourdonnant. Les primevères soupirèrent, soulagées, et félicitèrent les deux héros.

« Bravo, Patriciamoto, à vrai dire tu as tout fait. Tu es une vraie sorcière », dit Tromp-O-moto

en dansant autour d'elle,
puis il brossa son kimono
poussiéreux. « Oh ! où est le flacon ?

    — Ici», dit-elle en l'attrapant avec soin. Il était
intact et toujours empli de son précieux liquide doré.

    « Ouf ! fit-il, soulagé.

    — Mais regarde, O ! » Elle montra tristement
les deux morceaux de la canne brisée.

    « Ne t'en fais pas, Ka-chan la recollera. »
Il les passa dans sa ceinture. « Ce n'est pas
grave. Prends vite ta première goutte d'ESP,
Pat-ri-cia. Le crépuscule arrive. »

    Elle obéit, tremblante. Le goût
était agréable, mais étrange. « Omm Mahnie
Padmie Humm ! » Toute peur la quitta.
Elle sentit son coeur battre
doux et ses jambes
picoter.

« Tu sais, O, j'ai l'impression que ça marche ! Si seulement...

— Prends-en encore un peu.

— Non. Une goutte par jour, a dit M. Charley Boidlabière... Tu crois qu'il est sauf ? »

Tromp-O-moto gloussa. « Il doit faire comme Grand-père Dix, dormir en ronflant. » Elle rit, puis dit : « Et si tu nous ramenais à la maison ? »

Sa mine s'allongea presque jusqu'à ses sandales. « J'aimerais bien, Pat-ri-cia. Mais, à vrai dire, je ne suis pas un très bon sorcier. J'ai oublié les mots. » Il était de nouveau près de pleurer.

« Oh lala ! Et nous sommes loin du Japon ?

— Je crois, oui. »

Il y eut un soudain silence. Le ciel devint de nouveau sombre et le vent se leva. Au sol, les fleurs frissonnèrent. « Elle revient, chuchotèrent-elles. Muldoona revient... »

« Vite, O, fais un effort !

— Je ne retrouve plus les mots, Patriciamoto. Qu'allons-nous devenir ?

— Je sais ! s'écria la petite fille. J'aimer... »

Elle s'arrêta juste à temps. Je ne veux pas encore retourner chez moi. Je veux revoir Ka-chan et Grand-père Dix, ils ont promis que je serai de retour pour le thé. « J'aimerais tant voir Grand-père Dix et Ka-chan », dit-elle d'une voix ferme.

Il y eut un grand coup de vent. Elle se sentit expédiée vers le ciel, ferma les yeux, le souffle coupé et, soudain, ce fut de nouveau le calme le plus complet.

« SALUT, BICHETTE ! »

Elle ouvrit les yeux et s'étira. Le soleil couchant superbe elle se trouvait dans sa chaise à l'ombre du grand jacaranda.

« Bonjour, Papa, tu as eu une bonne journée ?

— Très bonne. Je viens te chercher pour le thé. Tu vas bien ? Maman dit que tu as dormi presque tout le temps.

— Oh, non ! » Elle essaya de rassembler ses souvenirs. « J'ai eu des aventures formidables avec O et Ka-chan et puis j'ai bu toute mon ESP sans oublier un seul soir.

— ESP ? Qu'est-ce que tu racontes ? »

Elle lui sourit. « Tu vois, le temps des sorciers est différent. Alors, comme ça, j'ai pu passer des jours et des jours avec O, Ka-chan et Grand-père Dix, et revenir pour le thé. » Elle vit qu'il fronçait le front et que ses beaux yeux bleus la regardaient sans comprendre. Mais elle l'avait su d'avance et aussi que cela n'aurait aucune importance.

[91]

Grand-père Dix lui avait expliqué ce qui se passerait à son retour et qu'il fallait être patient avec les adultes, même avec les meilleurs papa et maman du monde. « Qu'on est bien, à la maison !

— De qui parlais-tu, Fillette ? O et Ka-chan viennent du pays des rêves ?

— O, Tromp-O-moto, est mon meilleur ami.

— J'aimerais bien rencontrer un jour ton meilleur ami, dit-il d'un ton affectueux. A quoi ressemble-t-il ?

— Il est.. » Puis elle vit ses béquilles dans l'herbe, à côté d'elle, et son coeur se serra. Elle s'en était passé si longtemps qu'elle les avait oubliées. Elle fut glacée de tout son corps et, pendant quelques instants, se sentit perdue.

« Tu te souviens que nous avons des harengs fumés ? » demanda-t-il.

Elle fit oui de la tête. Puis elle se rappela les paroles de Grand-père Dix, domina sa peur, respira profondément, se leva en douceur et tint debout sans ses béquilles.

Elle vit l'étonnement sur le visage de son père, comme l'avait prévu Grand-père Dix et, bien que chancelant et tanguant sur ses jambes encore hésitantes, elle avança de quatre pas vers lui et il l'attrapa dans ses bras.

« Mais... » Il la regardait sans y croire. « Mais... ma petite fille chérie, comment as-tu fait cela ? Comment as-tu pu faire de tels progrès ?

— Grand-père Dix a dit que ce serait difficile au début, dit-elle d'un trait, folle de joie. Moins bien que là-bas, et que je me sentirais d'abord les jambes toutes drôles, mais que ça irait chaque jour un peu mieux. C'est l'ESP, Papa.

— L'ESP ?

— Oui, l'Essence de Primevères du Soir. » Elle sentait sa force, sa chaleur et son coeur battant, badaboum badaboum, comme jamais auparavant et, chose étrange, de petites larmes roulaient sur ses joues brûlées par le soleil. Là aussi, Grand-père Dix avait vu juste.

« Notre temps n'est pas le même que le vôtre, avait-il dit encore. Certaines choses en prennent plus, et d'autres moins. Sois pleine de patience, de courage, d'espoir... Souviens-toi des paroles magiques et reviens bientôt. »

« Je le ferai, dit-elle. Oh oui ! »

— Tu feras quoi, ma chérie ?

— Je retournerai au Japon pour revoir O, et nous balader avec O, Ka-chan et le vieux Grand-père Dix.

— Quand tu iras... tu les remercieras pour moi, merci du fond du coeur. » Il ramassa les béquilles. « Tiens, Bichette.

— Je n'en ai plus besoin, Papa. » Elle était tout à fait sûre d'elle. « Il me faudrait juste ma canne magique et une toute petite aide. Tu me la donnes, s'il te plaît, Papa ? » Elle regarda sur sa chaise, et fronça les sourcils. « Elle doit être dans l'herbe, elle y est sûrement. » Il alla voir, la tenant serrée dans ses bras.

« Il n'y a qu'un vieux bâton avec de curieuses marques de vent, dit-il.

— C'est ça ! » Quelle joie ! « Ka-chan n'a pas pu la réparer mais elle m'a dit de garder toujours ce morceau et que tu m'en ferais une entière.

— Bien sûr », promit-il, émerveillé.

Et pendant le dîner, longtemps après le coucher du soleil, tard dans la soirée, elle parla de Nurk-u le Méchant, de Muldoona, l'horrible Reine de la Forêt, et conta ses aventures.

Puis, comme chaque soir, il la porta au lit en disant qu'il viendrait la border et lui souhaiter une bonne nuit, comme chaque soir. Elle se pelotonna dans son lit très doux, mais pas aussi doux que les *futon*, ces gros édredons disposés sur le sol pour la nuit, dans la maison de Ka-chan et celle de Grand-père Dix.

« Omm Mahnie Padmie Humm », murmura-t-elle, ensommeillée déjà. Elle avait glissé le bout de canne sous son oreiller. « Bonne nuit, Grand-père Dix, bonne nuit, Ka-chan, bonne nuit, O... »

Des voix douces provenaient de la cuisine. Elle entendit bientôt les pas s'approcher.

« Tu ne dors pas encore, Fillette ?

— Pas encore, dit-elle avec un grand, grand bâillement. Papa Maman, vous voulez me faire plaisir ?... S'il vous plaît, appelez-moi Patricia et plus Fillette. C'est mon nom, après tout, et quand je serai avec les autres filles, ce sera mieux.

— Bien sûr, Patricia, ma chérie, dirent-ils en choeur.

— Bonne nuit, Patricia, fais de beaux rêves !

— Bonne nuit, Papa Maman, vous aussi... »